角川書店

荻原都美子

句集

至恩《しおん》

句集
至恩

目次

装丁●髙林昭太
カバー装画●佐竹曙山「蘭図」（早稲田大学図書館蔵）
見返し絵●加藤貞子

句集
至恩

I

平成二三年

水牛の系図

掏摸もまた紛れてゐたる初詣

島と島つなぐ橋あり年新た

川原には千のかまくら千の燭

春暁のやがて遠のく仏陀かな

愛馬の名つけし都やクロッカス

火を踏める法師の行や薄氷

ペン先をあふるることば菜の花忌

土雛の指は袖に覆はれて

輿入れにひひなと源氏物語

籠の青深める蓬摘み溜めて

津軽路のどこへ行っても花林檎

蝦夷見ゆる岬に佇ちて五月かな

夏の旅太宰生家へ寄りもして

地獄図の寺を後にし黒揚羽

解剖を手がけし画家や芥子の花

宿坊の豆飯それも高野山

焼き締めの手法の皿や桜桃忌

町なかに鮴とれる川加賀の国

奥能登やいたるところに立葵

奥能登のもつとも奥の青田かな

きのふ能登けふは飛騨なり夏帽子

つくづくと飛驒は山国青胡桃

数珠にまで彫りし梵字やせみしぐれ

御者日焼由布島へ行く水牛車

ブーゲンビリア硬き座席の水牛車

仏桑花水牛の名は大五郎

水牛にありし系図や仏桑花

黒真珠育てる川平湾夕焼

亡霊の科白のまこと夏芝居

縦に拭く青年の胸草いきれ

台座ごと釈迦牟尼移す盆用意

迷はずに茂吉の国へ法師蟬

爽やかや北前船のましろき帆

秋風や死したる無宿ものの声

貶されることにも馴れて放屁虫

誰からもかへりみられず草の花

実石榴やまだ見ぬ国の多くして

この村もたどれば平家稲架襖

菊枕もつてのほかも入れにけり

暮れ六つといふはまつくら神無月

瑕疵のなき白き胸なり百合鷗

蠟燭のさゆらぎもせぬ冬座敷

II

平成二四年

亡者踊

まづ空を仰ぐことより大旦

机辺まだ乱れてをらぬ四日かな

寒明や椎の木多き国分山

二部屋の幻住庵の余寒かな

湖をへだて春めく近江富士

しらじらと湖より明けて本諸子

たぐひなき湖にして本諸子

春雨や渡るに長き瀬田の橋

蕗の薹多喜二の遺品少なくて

春寒し前歯ののぞくデスマスク

特高の時代もありし蕗の薹

春寒し画家の遺品のリュックかな

貼絵にも鉛筆下絵春寒し

飴色の放浪日記寒戻る

縦長の割れ目ありけり板踏絵

雪形の駿馬現はれ出づるかな

琵琶湖より出る川ひとつ丈草忌

天国の鍵のありかを揚雲雀

人の世の毀誉褒貶や田螺和

楠若葉大三島へと渡りけり

楠若葉名だたる鎧ばかりなり

広げたる地図へと青葉木菟の声

水差の蓋に蕗の葉夏点前

布教とはさらなる街へ夏の蝶

水に置きはがす切手や祭笛

顔知らぬ先祖の話夏座敷

鏡拭くやうな所作なり水馬

うみどりの来る城下町蓮の花

町名や竿燈祭の法被にも

落城にかかはる亡者踊かな

誇り得るものとし亡者踊かな

あでやかな絹の端縫の踊かな

素肌まで隠しきれざる踊笠

亡者入れさらに広がる踊の輪

山毛欅の木に耳を寄せれば秋の声

跳箱の積まれて高し天高し

秋風の触れて鳴り出す出雲琴

どの窓もあけてあるなり魂迎

薄絹の手ざはりに似て秋の風

黄楊の櫛机に置けば涼新た

戦乱の舞台の川も水澄めり

虫籠を提げて車両を移りけり

これ以上折れる余地なき破蓮

夜は星と戯れてゐる案山子かな

ずぶ濡れの案山子となりて夜明け待つ

象潟に残る船絵馬秋燕

献額の船絵馬の帆や蚯蚓鳴く

つくばひをあふるる月の光かな

三井の鐘つけばにはかに秋深し

舞踏会ありし明治や憂国忌

山国のこがらし星を磨きけり

米蔵に消火器のある寒さかな

串刺しの鰰焼けるにほひかな

漉き舟の揺らし加減や雪催

止むことを忘れたる雪降りにけり

Ⅲ

平成二五年

星の筏

鳥海山の深き眠りや大旦

読初の古書の部類の甲子夜話

逆白波の茂吉の唄を筆始

那谷寺の絵馬の少なき二月かな

竹垣にまでもその名を光悦忌

春は曙あだ名の多き少納言

長浜の盆梅展へ彦根より

盆梅や座敷まなかに緋毛氈

ぶちぬきの部屋に盆梅覇を競ふ

夜叉姫の名を貰ひたる盆梅よ

名にかなふ盆梅のある座敷かな

硝子一枚隔て工房硝子雛

火の坩堝から誕生の硝子雛

土器片の出土の丘も草萌ゆる

下賜されし紙に才女やさしも草

再出仕うながす文やさしも草

笙の音を牛車のなかに聴く春夜

鳥帰る絵皿の鳥を置き去りに

日没の寸前にして帰雁かな

詩仙堂あしらひ挿しの椿かな

札付きの不良なりしが巣箱掛く

東西に流罪の師弟つばくらめ

本丸に花喰ふ鳥の現れて

来し方をうべなふばかり昭和の日

奥久慈の茶畑八十八夜過ぎ

どの石のあたりか河鹿鳴きはじむ

久慈川やしかと聴きとめ河鹿笛

幅もありしかも四段滝落つる

庭の名は論語に由来蕗のあり

庭涼し星の筏といふ石も

亀の甲飾る社や七変化

手水舎に青竹の蓋七変化

寄進者にアラビア太郎夏の風

朝は鳩集ふところに氷菓売

朝鮮語併記の墓や雲の峰

向日葵やゴッホ主治医の肖像画

宙吊りの漆の面や蟬しぐれ

いつまでも針進まざる時計草

山がすぐそこにある国箒草

虫の音の高まるばかり閻魔堂

竹生島桟橋に着く秋の昼

船賃のほかに入島費秋暑し

花芙蓉鳥居は湖に向けてあり

社寺つなぐ廊下に屋根や秋の湖

魚が木に登る島にて秋暑し

鐙にも使はれし貝秋気澄む

秋の日や観音さまへ途中下車

余呉駅に下りしはひとり草の花

口ひらきさうな観音小鳥来る

花野より戻りてきたる観世音

池にひく琵琶湖の水や草紅葉

秋深し彦根の城を見しことも
形見なる母のかんざし雁渡る
雁渡しここは一茶の柏原

茅葺きの一茶土蔵やすがれ虫

縦長の七番日記秋深し

姥捨の棚田高きに登りけり

手窪とは便利な器種を採る

焼くところ見せて商ふきりたんぽ

信越線六つめの駅一茶の忌

考へず深く悩まぬ海鼠かな

みちのくのうそうそ時の氷柱かな

Ⅳ

平成二六年

むすびの地

半島をつらぬくなもみはぎの声

ひとしきり威しなまはげ膳につく

羽の国の独立峰の淑気かな

息荒くけんか梵天突つ込みぬ

戻りたき家は死者にも夜の梅

撫牛の首に赤布梅三分

バス停の名も牛若や京の春

家もまた古りてゆくもの土雛

摘草の籠より土のこぼれけり

今も残る川燈台や猫の恋

橋多き水の大垣名草の芽

春の日やほどよき距離の師弟像

船町の川燈台の朧なる
川波の春の光やむすびの地
空といふ雲の遊び場花きぶし

炊きたての飯の匂ひや入彼岸

どつしりと益子の器つばくらめ

囀りに誘はれてゐる籠の鳥

鳥雲に入るや解体新書の碑

幣辛夷死後に届きし赦免状

蟄居また刑のひとつや残る雁

おくりなに絶学の二字春日傘

尾の長き鳥の来てゐる仏生会

山巓を離るる雲や蓬餅

大地への落款のごと椿落つ

永き日の陽明門を潜りけり

滅びたる秋田蘭画や衣比須草

永き日やこれは小さな眠り猫

天井の墨絵の龍や日は永し

清方の画室の広さ春障子

鬼怒川の長き吊橋山桜

神輿舎に美しき天女図花は葉に

視界より森に消えたる青葉木菟

青葉木菟仲間近くにをらざるよ

町はもう眠りの刻ぞ青葉木菟

もの見えて来るまで待てと蟇

蛍火のほかに火のなき棚田かな

父母もわれもなで肩藍浴衣

夏空や鳥のかたちの封緘紙

あぢさゐやトロンボーンを質草に

鬼房の文も加へて土用干

ひととせのひと夜にかけて花火師は

焼酎や薩摩隼人はみな短気

掃除機に吸ひ込まれたる蛾のむくろ

合掌を解くあかつきの大賀蓮

かんかん帽茂吉遺品のひとつなり
百穂宛て茂吉のはがき夏了る
竿燈をのせる夜空をのせてをり

まだ落ちぬ夕日水蜜桃を手に

虫籠のやうな家なり虫の夜

跳ぶときをうかがつてをり稲子麿

櫓には城主の紋や盆踊

最澄の開きたる山水引草

釈迦堂へ下る石段釣船草

親指の爪より大き貝割菜

嵯峨御所の丈の短き彼岸花

経典の貸し借りの僧雁渡し

寄せて来る白波秋をつげてをり

教会を模したる館蔦紅葉

蔦紅葉穂高生まれの彫刻家

蔦紅葉ロダンを師とし夭折す

碌山の死後の評価や一位の実

語りかけるごとき胸像秋の昼

秋晴のひと日を過す奥比叡

虚子の句碑ふたつある山秋の声

秋高し比叡山頂より琵琶湖

登高や琵琶湖見下ろす位置にゐて

天狗棲む山も装ひ始めたる

人影の無き廟所より秋の声

祖師多く出したる山や秋深し

この山にあらくれ法師そぞろ寒

岩頭に届かざる波渡り鳥

忽然と迫るゆふぐれ鴫

北風や涙を拭ふため拳

守り札鰊船の船首にも

V 平成二十七年

雑煮椀

ぐんぐんと海面を破り初日の出

国ひとつふるさとふたつ雑煮椀

まつろはぬ民の裔なりなづな爪

啓蟄や砂曼荼羅の色づかひ

根開きや原生林の一樹づつ

龍神を祀る燈明水温む

ドガの絵を飾る医院や雁帰る

花を買ふことより始め入彼岸

鈴蘭を国花としたる遠き国

抽斗にあるグローブや修司の忌

金糸梅聴き耳頭巾あれば欲し

薔薇園に寝かせてありぬ竹箒

インド人一家三人薔薇の園

色褪せぬ植物画なり夏館

啄木の妻のあはれや矢車草

藺座蒲団寄せて仏花の水替ふる

技師の名のエッフェル塔や水中花

まだ進む形なりけり蛇の衣

八雲立つ出雲の池の蠑螈かな

大花火闇まで熱くなりにけり

玫瑰や終点すなはち始発なり

洋館の張り出し窓や花ユッカ

知られたる学者の家系白絣

夏の夜の冥王星の画像かな

九十九の要の島や合歓の花

北一の硝子風鈴吊るしけり

柱とは重き言葉や敗戦日

蜩や死後の道には献体も

土器棺のあまたの継目秋の雨

男鹿石の巨き燈籠薄紅葉

地のほてり葉月の雨の鎮めたる
どぶろくやどこの村にも生き字引
どぶろくを献上したき李白にも

かりがねや作家の業苦思はるる

耕作につながる系譜為三忌

泪よりすこし小さき白式部

秋田には蘭画雀は蛤に

山姥の秘薬のひとつ猿酒

その人の亡きことを知る夜寒かな

鬼はまだ潜みて男鹿の新松子

一息に消せぬ蠟燭七五三

唐獅子を載せたる雅印暮早し

鱗なき魚の目玉や塩汁鍋

凍鶴の大地がらんとしてゐたり

凍鶴の棒のごとくに動かざり

雪吊りを終へたる余市蒸留所

ウイスキー樽は横積み雪催

竹鶴邸のみどりの屋根や雪催

鬼どもは暗きやまへと節分会

Ⅵ 平成二一八年

山の裏側

羽の国の若水杉のにほひかな

針起し使ひこまれし裁鋏

縫針のたひらな包み年新た

初明りこけしの髪に乱れなし

杉丸太運ばれてゆく四日かな

よそに無き習はし多き小正月

鳥海山は肩組まぬ山手毬唄

ためらはず取札弾く勢ひかな

本宮は木曾石にあり稲梵天

目に入る銭梵天の五円玉

梵天の法螺貝に紐つけてあり

紅梅の枝に瓢箪かけてあり

左降ともとれる内示や蕗の薹

海そこの魚の横顔涅槃の日

教へられその名もよろしゑくぼ花

山彦は山を離れずわらび飯

盛切りをひつかけてゐる闘鶏師

鉢物にかけるとぎ汁昭和の日

風音を波音にして立浪草

呉は滅び呉服は残り夕牡丹

仕置場はここかもしれず白菖蒲

北にある遮光器土偶やませ風

夏の風象の匂ひのしてきたる

夏の日や象の採血脚よりと

尻向けてゐる四不像や梅雨晴間

干草や白長靴の飼育員

目の大き版画の少女夏館

十一や山の裏側別の国

羅の喪服の紋を合はせけり

アイヌ語に由来の岬夏見舞

秋暑し地毛より細き地図の川

盤上に瑪瑙の碁石定家の忌

琵琶の音のひときは高き月見かな

みちのくの秋冷つのる手足かな

長き夜や読み終りたる三国志

戒名をほめる親族菊なます

古代より占ひと呪詛けむり茸

卵殻を使ふ手仕事鳥渡る

廣業の伸びやかな筆文化の日

白氏文集好みし画家や秋深し

新米や弁当箱の曲げわつぱ

土器片は渤海のものの草の花

先帝に誠忠の臣秋ともし

蜀漢の史実のさまや秋ともし

同齢と言へど差のあり木の葉髪

たちまちに日の退りけり返り花

熊撃ちの語り飽かざる囲炉裏かな

北辺の夜空の白しかまど猫

山よりも高き神の座尾白鷲

内科医にして老僧の臘八会

Ⅷ

平成二一九年

針供養

魚の名に鳥の名前や年迎ふ

悠然と大軽率鳥や初御空

初湯出て船の通らぬ日本海

しなざかる越の国より初電話

庭の樹に憩ふ鳥ゐて三日かな

雀より早く目覚めて七日粥

卒論はデカルトと聞く二月かな

漆紙の手紙の解文春遅し

最北の国府の丘に残る雪

山はまだ雲をはなさず西行忌

みちのくへ来る佐保姫の沓の音

おほかたは一重瞼の内裏雛

空をゆく箒の魔女や雛祭

菱餅や智慧は小出しに使ふもの

高台に銘のある碗八重桜

秉燭の凸起に焦げ目さくら咲く

指針とす世阿弥のことば春障子

雉子鳴くや東大路を歩むとき

春の月わが町内を離れけり

卓上の塩の小瓶や夏は来ぬ

入念な刺繍の下絵二重虹

虹二重たづさはりしは采女たち

追懐のよすがの刺繡虹二重

残欠の最古の刺繡日雷

天寿国曼荼羅虹の消えゆくも

雨粒を弾き返せり秋田蕗

その下は隠れ場所なり秋田蕗

缶入りの新茶宇治もの駿河もの

荒行を積みたる山や薬狩

取り寄せの一書を加へ獺祭忌

百鬼夜行絵巻炎昼に見るべけれ

冷酒や閻魔の机大きくて

烏天狗も異界のものや暑苦し

八月や博物館の幽霊図

妖怪のさまざまな貌夏館

家族をも捨てたる仏陀花はちす

葭雀のどに疲れを覚えぬか

黒き柄の拡大鏡や夜の蟬

朱の色の多き地獄図夏終る

鋏にも大小のある残暑かな

清貧の手本の顔回青ふくべ

朝にして暮色の雀秋桜

穴あきの土器は骨壺草の花

この街にブルーノ・タウト赤蜻蛉

霜降や目力のある童子像

立像の無著・世親もまた秋思

古き世の兄弟の像木の実降る

運慶の銘ある仏秋深し

行く秋や奈良に生まれし大仏師

浅草に北斎の墓鳥渡る

一粒の栗の中にも山の声

伊賀焼の花入に耳翁の忌

賢きも愚かも差なき日向ぼこ

くれなゐの天冠のひも神楽舞

徹宵の神楽三十三番も

外套と同じ色なる冬帽子

空手部の人も来てゐる針供養

はやばやとイタコの山の眠りけり

頬紅を付けられてゐる雪だるま

Ⅷ　平成三〇年

鳥の言葉

御降や堆朱の花鳥硯箱

墨継ぎの美しき料紙や初座敷

かまくらに遊ぶ米国大使の子

ひと組の万歳の行く畷道

蹠まで見せる飛天や春立ちぬ

花ミモザ鳥の言葉を知る神父

三月や竹燈籠の魂鎮

さしも草邪馬台国の風の中

春星や汲めども尽きぬものの神話

清明や車の屋根に積む梯子

惜春や巡礼団の寄る館

かすかなる風にも応へ芥子の花

納棺師仕事なき日の薔薇手入

桐咲くや国より国へ貢ぎもの

雨脚のやや強き日の虎耳草

水やりにサンダル履きの修道女

弟子連れて庭師来てゐる梅雨晴間

今年竹修道院の裏手にも

涙痕のしかと聖像明易し

祁連山かたどる墓や夏帽子

盗掘を免れし墓花石榴

加勢して石人石馬汗流る

陵墓監見たる石人石馬の汗

広大な官衙遺跡や夏の蝶

山法師誰もマリアの顔知らず

艶やかなおもかげ永久に合歓の花

滅びたる国の因なる合歓の花

この岸に立ち形代を流しけり

墨書土器出土の沼やひつじ草

石三つ組めばかまどや夏の虫

花蘇鉄平戸にもあるザビエル碑

陸路より海路は遠し天の川

サンタフェと添へ書きのあり秋夕べ

詩仙堂庭隅にあるばつたんこ

手に数珠の国母の絵像虫しぐれ

焼き討ちを免れし堂蚯蚓鳴く

秋澄むや天台宗の山の木々

いんいんと鐘の音秋を深めけり

川岸に舫ふ小舟や秋の雲

櫂先の長き茶杓や秋の雨

地面師の狙はぬ刈田ここにあり

一銭もなき日重ねて一葉忌

ふところに鳥や獣や山眠る

深海の光を放つ龍の玉

良寛の酒請ふ文ややそぞろ寒

降る雪や魚の眠りは目をひらき

はやばやと夜の来てをり白障子

陰陽師使ひし簠《ほ》簋《き》や冬銀河

全方位目くばりの利く白梟

水鳥の水を離るる刹那かな

極月や人形店の干支土鈴

Ⅸ　平成三一年〜令和元年

書見台

隅櫓より一望の初景色

川もまた城下の一部初景色

初春や出番の多き生駒塗

一碗に一杓の湯や初点前

梵天や北を離れず北に住み

戸賀湾へ帰る小舟や海二月

春立つやハープ奏づる美しき指

昭和史の汚点のひとつ多喜二の忌

蓋付きの有田の湯呑み春の雪

借景の鳥海山や水温む

風間家の先祖金貸し雛飾

雛道具にも酒井家の家紋かな

いぢらしき雛の道具の書見台

雛まつり石置屋根の丙申堂

桜貝すこし離れて口紅貝

ひとめぐりしても決めかね植木市
これ以上軽きものなし石鹼玉
石鹼玉吹き戻されてくるもあり

錆びてゐる蕨手刀や春惜しむ

大地にも届きさうなる藤の房

鹿の子のか弱き脚のたたみ方

子鹿をも狙ふ鴉や古都の苑

花は葉にゆるりと魚の動きかな

初夏や栞に鹿の透かし彫

麦秋やむかし牧師をしたる画家

親も子も財をなさずに心太

年の差は五つの師弟合歓の花

宇宙にも船長のをり夏の月

夏の日の異国の神の砂像かな

大雪加ここは海抜零地帯

眼前にある短刀や暑気払

じよつぱりの里の茄子の深き紺

活力に溢るる陸奥の祭かな

脚高く上げる跳人や右ひだり

竿燈の笛の音名残惜しきかな

家路への手がかりここよ門火焚く

津軽より戻るつるべ落しかな

河馬の歯は四十本や秋高し

猿蓑を学び直すに良き夜長

みちのくや夜ごと高まる虫の声

家ごとに違ふ明るさ虫時雨

教会にあまたのイコン鳥渡る

国字では椙と書く杉夜長かな

仏壇の秋果の香り部屋に満つ

若冲の鶏は眠らず十三夜

骨のみのカムイサウルス冷まじや

身に沁むや北の地層のむかわ龍

骨盤のかたちで区分けうすら寒

採油機の残る八橋や五明の忌

画材屋の二階は画廊百穂忌

首里城を惜しむごとくに秋惜しむ

反論をする気にならずきりたんぽ

霜月の岸を離れてゆきし舟

夕冷の早き里なり一茶の忌

冬海の間近に周作文学館

X

令和二年

水の操作

太古より動かざる山飾り臼

一軍にあがる願ひや初暦

兄弟子に転がされたる初稽古

風にのる祝詞の声やどんど焼

春の日を浴ぶる埴輪の女かな

感染の広まる春の秋津島

伊賀焼の芭蕉の坐像鳥雲に

染付の皿の唐子や日は永し

建物をつなぐ廊下やつばくらめ

長旅に備へて草鞋わらび飯

生き延びて生き延びてきし雛かな

コロナウイルス人を選ばず春の闇

花冷や二色つかひの棒グラフ

人界のざわめきよそに春の月

蘭亭にはじまる盃流しかな

漢詩にも問答体や春燈下

春の日や杜甫さすらひの日の小舟

暮れかぬる夜見ヶ浜をば引き返す

二冊とも牧野の図鑑みどりの日

泰山木庭に咲かせて蔵の街

句をみがくための仲間や多佳子の忌

裏口はめつたに開けず梅雨に入る

植栽の百年後には漆掻き

北にユーカラ南におもろ明易し

逗留の長き芭蕉や紅の花

護身術学ぶかんなぎ梅雨晴間

常冠忌色あざやかな自筆本

身を助く薬師の知識常冠忌

衣服にも魔除けの刺繍花さびた

沢音の育むものに青胡桃

何にでも絡む屁糞葛かな

蓬莱の松の支へ木湖涼し

大輪のダリアに朝の雨のこる

メキシコは遠しダリアは目の前に

笊に摘む食用菊の軽さかな

また動き出しさうに見ゆ鵙の贄

鳥渡る江戸に佐竹の七つ蔵

大河には支流の多し鮭颪

龍淵に潜む天変地異ののち

半襟は真白がよろし白秋忌

ぬばたまの闇経て返り花白し

淡々とこなす手順や紙漉女

紙漉の水の操作を学びけり

紙漉の紙になるまで間がありぬ

凍蝶を漉き込む和紙の見事さよ

インク壺二つ机に憂国忌

里人に生ずる覚悟雪催

小指にも満たぬ今年の氷柱かな

万両を引きたててゐる花瓶かな

XI

令和三年

樺剝ぎ

男鹿島の怒濤を淑気とも思ふ

小面の頬より白き鏡餅

みちのくに名だたる関や初鴉

男鹿線の短き車両三日かな

おほとりの羽音絶えたる初昔

遠からぬところに社務所どんどの火

ますらをの中のますらを柴灯祭

高々と掲ぐ松明柴灯祭

音ひとつせぬ春暁の仏間かな

山月記残る寒さのなほ強し

出羽富士の山気とぢこめ春氷柱

風荒るる海また荒るる多喜二の忌

佐保姫は白河あたりかもしれず

臥龍梅咲かせ学問好きの父

花冷や普賢菩薩の顔の向き

春昼の雅楽流るる模写絵かな

模写三度極めし花の月日かな

春惜しむ剝落しるき浄土の図

柏餅座敷わらしの分までも

雨となるバードウィーク最終日

宿坊や畳の上の山の蟻

シンバルを鳴らす人形夏きざす

目配せの合図なりけり豆御飯

盛りなるなりはひの地の花菖蒲

鶴を折る指もて毛虫焼きにけり

藩校の庭にまはれば花擬宝珠

さほど距離なし教会と河骨と

廃れたる北前船や百日紅
樺剝ぎに行く地下足袋に履き替へて
夕方に枝を離るる沙羅の花

沖縄の海の碧さや海紅豆

せつかちな薩摩の人や海紅豆

女人美し喪にはあらざる黒日傘

散りどきの迫りてゐたる蓮の花

人口の減りゆくあがた大賀蓮

海の日や燈台守のもうをらず

物識りのそ知らぬふりや青胡桃

後ずさる間に蛇の消え失せぬ

人の手に尿をかけたり兜虫

花合歓やここは佐竹の城下町

てのひらの画面見つむる残暑かな

水平に保ち竿燈運びけり

父を知る教へ子に逢ふ秋彼岸

ちちろ鳴く暮らしのなかの孟子かな

仙人にならむひと口ましら酒

魔界への入口にして月夜茸

明日はまた別のところへ草の絮

先端のささくれ始む鮭打棒

目立たざることこそよけれ草の花

焼栗のにほひ父母をりし頃

文字盤の使徒行進図秋の昼

白式部散歩の好きな哲学者

正宗のみごとな花押鳥渡る

解ききれぬ造化のしくみ翁の忌

抵抗の無言なりけり返り花

曼荼羅の織物壁に冬ざるる

凩が奪ふ木の香も草の香も

干餅に程よき鳥海颪かな

干拓の村の灰色沢鵟かな

魂魄に軽重はなし冬銀河

寒晴や手話通訳の黒づくめ

寒鯉のさほども音をたてぬ日々

凍蝶を懐紙の上に移しけり

きのふより刃物を思はせる寒波

XII

令和四年

春障子

西域の駱駝の画家の初暦

しかと歩を進むるための二日かな

放ちたる小さなひかりなづな爪

しろがねの山のふもとや小豆粥

どの路地も雪の轍の二月かな

春の雪どかと降られて手に負へず

春遅々と遅々と茂吉の白き山

北辺のまだ開けられぬ春障子

洋間にも飾れるひひなありにけり

花貝の打ち寄せてくる男鹿の浜

こはさずに拾ひ集める桜貝

雁帰る印伝革の小銭入

松の芯本願寺派の西船寺

寺の出の多田等観や松の芯

赴きし遠き西蔵松の芯

ダライ・ラマゆ恩賜のほとけ松の芯
経典をみやげの帰国松の芯
すみれ草夜明けの空の色をして

坐忘とはよき言の葉や桜草

人にある戸惑ひ蟇になかるべし

小満や二階の窓に届く栃

水芭蕉顔を上ぐれば秋田駒

紫陽花や人形廻る自鳴琴

日本は余白の国やかきつばた

校庭に受難の碑あり茄子の花

棺になる樅の大樹や森林浴

与せざる生き方選ぶ水中花

うぶすなの山に富士の名合歓の花

一段を画集満たせる朝涼し

涼しさの充ち満つ透明標本展

日盛りや標本瓶の並ぶ部屋

骨までも見せる標本涼気かな

空蟬を拾ふ坂道平泉

針刺しに母の黒髪藍浴衣
ぬばたまの闇を動かす鵺の声
その声の夜にきはだつとらつぐみ

裁板にあまたの傷や秋に入る

また少し色を濃くして帽子花

村に来る民謡一座草の花

山すぐに迫る漁港や涼新た

秋の日や機音のする母の部屋

姫塚に身をやすめけり秋の蝶

出羽富士の引き寄せやまぬ秋の雲

絵の具では出せぬ色ある花野かな

金色の美しきみほとけ萩の花

弔問の列の長さの九月かな

秋燈や虫食ひ算に手間取りぬ

常よりも水嵩のある厄日かな

菊の精封じ込めたる菊枕

秋深し角に老舗の天蓋屋

そぞろ寒机の下の膝頭

踏台は一家にひとつ神の留守

凩や漁港近くに醸造所

母の忌に集ふ親族きりたんぽ

どの部屋も底冷のする北日本

くれなゐを秘めてをりしが冬木の芽

眠りへと湯たんぽ大事あす大事

水鳥の未来を奪ふ音したり

鵬翼忌黒く大きな旅鞄

すけすけの雑木林や十二月

遅速ある雲のうごきや成道会

楽器背にバス待つをとこ街師走

白鳥のかたまつてをり雄物川

近くまで寄れば鵠の汚れかな

句集　至恩　畢

あとがき

『至恩』は『万里』『緑夜』『翼日』に次ぐ第四句集になる。平成二三年より令和四年まで一二年分の作品より絞って六七五句を収録した。

　師父の荻原映雱の手ほどきにより若い時から俳句の道を歩んで来たが、令和五年三月二二日の命日が二三回忌であった。句集をまとめることが供養のひとつと思いながらも、一月末の寒波の際に、二階の水道の凍止めの栓を握力不足のために閉めることが出来ず、一階の台所が水浸しになってしまった。天井板を剝がして水道管修理に雪解けを待たなければならなかった。そんなことで気持が落ち着かず、句を整理するのが大幅に遅れてしまった。

　コロナ禍になる前に時間の都合をつけ、各地を歩いたことがしきりに思い出される。そのため、句を絞るときに迷いが生じたことも事実である。一二年分ということは、句集にすれば二冊になる句数で、もっと早く決断すべきであったとも振り返っている。

　師事した加藤楸邨先生それに有馬朗人先生は、もうこの世に居られないが、お二人とも私の心の中で、力付けて背を押し続けて下さっていることを実感している。

師とすべき方、それに一緒に俳句をやる仲間がいたので、これまで俳句を続けてこられたのである。一人ではとても進めなかったので第四句集名を『至恩』とした。

見返しの絵は、新制作協会会員の友人の加藤貞子さんに寄せてもらった。

角川の『俳句』編集長・石川一郎氏のご配慮で、「日本の俳人１００」シリーズに加えてもらい刊行出来るのを、わが悦びとして次へ進みたい。

令和五年八月二一日

荻原都美子

著者略歴

荻原都美子

おぎわら・とみこ

昭和24年12月30日　秋田県秋田市に生まれる

昭和43年　俳句実作（荻原映雱指導）

昭和48年　加藤楸邨主宰誌「寒雷」入会

昭和57年　朝日俳壇中国の旅参加

昭和61年　第一句集『万里』刊

平成2年　「寒雷」を退会し、「天為」創刊号より参加

平成4年　「天為」同人

平成10年　第一回朝日俳句新人賞準賞受賞「男鹿島」

平成11年　第二句集『緑夜』刊

平成12年　第二十五回秋田県芸術選奨受賞
　　　　　荻原映雱死去により「石蕗」継承主宰

平成13年　現代俳句協会退会

平成14年　第四十八回角川俳句賞候補

平成15年　第四十九回角川俳句賞候補
　　　　　あきた文化保健センター俳句講師

平成17年　第五十一回角川俳句賞候補

平成21年　秋田魁新報社俳壇選者

平成24年　第三句集『翼日』刊

令和5年　第四句集『至恩』刊

住所　〒010-0964　秋田県秋田市八橋鯲沼町十一番七号

電話　018-862-5909

句集　至恩　しおん

初版発行　2024年1月23日

著　者　荻原都美子
発行者　石川一郎
発　行　公益財団法人　角川文化振興財団
〒359-0023　埼玉県所沢市東所沢和田3-31-3
ところざわサクラタウン　角川武蔵野ミュージアム
電話 050-1742-0634
https://www.kadokawa-zaidan.or.jp/
発　売　株式会社　KADOKAWA
〒102-8177　東京都千代田区富士見2-13-3
電話 0570-002-301（ナビダイヤル）
https://www.kadokawa.co.jp/
印刷製本　中央精版印刷株式会社
 ISBN978-4-04-884570-0　C0092

角川俳句叢書　日本の俳人100

青柳志解樹
朝妻　力
有馬朗人
安西　篤
伊丹三樹彦
伊藤敬子
伊東　肇
井上弘美
猪俣千代子
茨木和生
今井千鶴子
今瀬剛一
岩岡中正
尾池和夫
大石悦子
大串　章
大牧　広
大峯あきら
大山雅由
小笠原和男
小川晴子
荻原都美子
奥名春江
小倉英男
落合水尾
小原啄葉
恩田侑布子
甲斐遊糸
加古宗也
柏原眠雨
加藤憲曠
加藤耕子
金箱戈止夫
神尾久美子
九鬼あきゑ
小島　健
阪本謙二
佐藤麻績
塩野谷　仁
しなだしん
柴田佐知子
柴田多鶴子
小路紫峡
鈴木貞雄
鈴木しげを

千田　一路
高橋　将夫
田島　和生
辻　恵美子
坪内　稔典
出口　善子
寺井　谷子
名村早智子
鳴戸　奈菜
名和未知男
西村　和子
根岸　善雄
能村　研三
橋本　榮治
橋本美代子

藤木　倶子
藤本安騎生
藤本美和子
布施伊夜子
文挟夫佐恵
古田　紀一
星野　恒彦
星野麥丘人
松尾　隆信
松村　昌弘
黛　執
岬　雪夫
三村　純也
宮田　正和
武藤　紀子

村上喜代子
本宮　哲郎
森田純一郎
森田　峠
山尾　玉藻
山崎　聰
山崎ひさを
山田　貴世
山西　雅子
山本比呂也
山本　洋子
依田　明倫
若井　新一
渡辺　純枝

ほか

（五十音順・太字は既刊）